크리스마스 날

하늘 마을에서 온 택배

글 **김경미**

대학에서 아동학을 전공하고 오랫동안 어린이 책을 만들다 그 매력에 빠져 지금은 아이들을 위한 이야기를 짓고 있어요. 그동안 지은 책으로 『하늘 마을로 간 택배』, 『헌 자전거 줄게, 새 자전거 다오』, 『잔소리카락을 뽑아라』, 『꿈 요원 이루』, 『마음 뽑기』, 『재민이의 아주 특별한 점』, 『초능력 사용법』, 『설전도 수련관』 시리즈 등이 있어요.

그림 **김무연**

학교에서 애니메이션을 배우고, 지금은 나무가 많은 집에서 그림을 그리며 살고 있어요. 수줍은 검은 개와 장난꾸러기 하얀 개, 그리고 어른스러운 고양이 두 마리도 함께 지낸답니다. 그린 책으로는 『똥볶이 할멈』, 『내 멋대로 뽑기』, 『낭만 강아지 봉봉』 시리즈, 『천하제일 치킨쇼』, 『찾기 대장 김지우』, 『하늘 마을로 간 택배』, 『신비 아이스크림 가게』 등이 있어요.

크리스마스 날

하늘마을에서 온 택배

글 **김경미** | 그림 **김무연**
펴낸날 2024년 11월 25일 초판 1쇄, 2024년 12월 5일 2쇄
펴낸이 위혜정 | **기획·편집** 스토리콘 | **디자인** 포도
펴낸곳 따끈따끈책방(주) | **주소** 서울특별시 마포구 양화로186 LC타워 604호
전화 070-8210-0523 | **팩스** 02-6455-8386 | **메일** chucreambook@naver.com
출판등록 제2023-000176호

ISBN 979-11-985115-9-1 74810

※ 잘못된 책은 구입처에서 바꾸어 드립니다. ※ 값은 뒤표지에 있습니다.
※ KC마크는 이 제품이 공통안전기준에 적합하였음을 의미합니다.

|어린이제품 안전특별법에 의한 표시사항| 제품명 도서 제조년월일 2024년 12월 5일
제조사명 따끈따끈책방(주) 주소 서울특별시 마포구 양화로186 LC타워 604호 전화번호 070-8210-0523
제조국명 대한민국 사용 연령 6세 이상 ▲주의 책 모서리에 찍히거나 책장에 베이지 않게 조심하세요.

instagram.com/chucreambook
슈크림북은 따끈따끈책방(주)의 아동 출판 브랜드입니다.

크리스마스 날
하늘 마을에서 온 택배

글 김경미 그림 김무연

슈크림북

차례

1. 프롤로그

하늘 마을 1번지에 사는 식구들이 아침부터 분주해요. 첫 외출을 준비하고 있거든요. 하늘 마을에 온 뒤 처음으로 밖으로 나가는 거지요.

며칠 전, 이장 집에 하늘 마을 1번지 식구들이 모였어요. 식구들이 모두 자리를 잡고 앉자 이장이 앞으로 나서 말을 시작했어요.

"에헴, 오늘 이렇게 모두 모이시게 한 것은 특별 선물을 드리기 위해서입니다."

이장이 말한 특별 선물이란 '이승에 다녀오는 것'이었어요. 이승에 가서 만나고 싶었던 이를 만날 수 있는 시간을 가지라고요.

"이 선물은 올 한 해 동안 하늘 마을에서 마음을 가
장 많이 나누신 분들에게만 드립니다."

이장은 도르르 말린 종이를 착 펼치고는 거기에 적힌
이름을 부르기 시작했어요. 둘씩 짝을 지어서요.

"······오연주 님과 몽이 님, 그리고 이도연 님과 솜사탕 님······."

시우 엄마는 '오연주'라는 본인의 이름에 이어 할머니와 사탕이의 이름이 모두 불리자 환하게 웃었어요. 할머니와 사탕이는 하늘 마을에 와서 사귀게 된 친구들이었지요.

이름을 모두 부른 이장은 계속해서 뽑힌 이유를 설명했어요. 시우 엄마는 마을 식구의 생일날마다 직접 구운 케이크를 나누어 준 덕분이었어요. 몽이는 정성껏 가꾼 꽃들을 선물했고요. 할머니는 직접 기른 과일을 나누었고, 사탕이는 마을에 도착한 마음 편지를 배달했지요.

그렇게 시우 엄마와 몽이는 함께 이승에 갈 수 있게 되었어요.

마을 식구들이 이승행 열차를 타기 위해 모두 마을 입구에 모였어요.

구름 열차에 오르기 전 이장이 마지막 당부를 전했어요.

"명심하세요. 이승에서는 꼭 짝과 함께 다니셔야 합니다. 하늘 종이 세 번 울릴 때까지 반드시 돌아오셔야 하고요. 그럼 그리웠던 분들을 만나 행복한 시간을 보내시길 바랍니다."

함께 길을 떠나는 할머니, 사탕이와 인사를 나눈 시우 엄마가 몽이에게 말했어요.

"자, 그럼 우리도 이제 가 볼까?"

2. 말이 없는 아이, 연두

연두가 시우네 반에 전학 온 건 크리스마스 열흘 전쯤이에요. 여자아이 하나가 선생님 뒤를 졸졸 따라 들어왔는데 그 모습이 마치 겁을 먹은 강아지 같았어요. 잔뜩 몸을 움츠린 채 두려움 가득한 눈으로 앞에 앉은 아이들을 이리저리 살피고 있었거든요.

선생님이 허리를 숙여 연두와 눈을 마주쳤어요. '친구들에게 인사해 볼래?' 하는 눈빛을 담아서요. 연두는 당황한 얼굴로 고개를 저었어요. 자세히 보면 알아채지

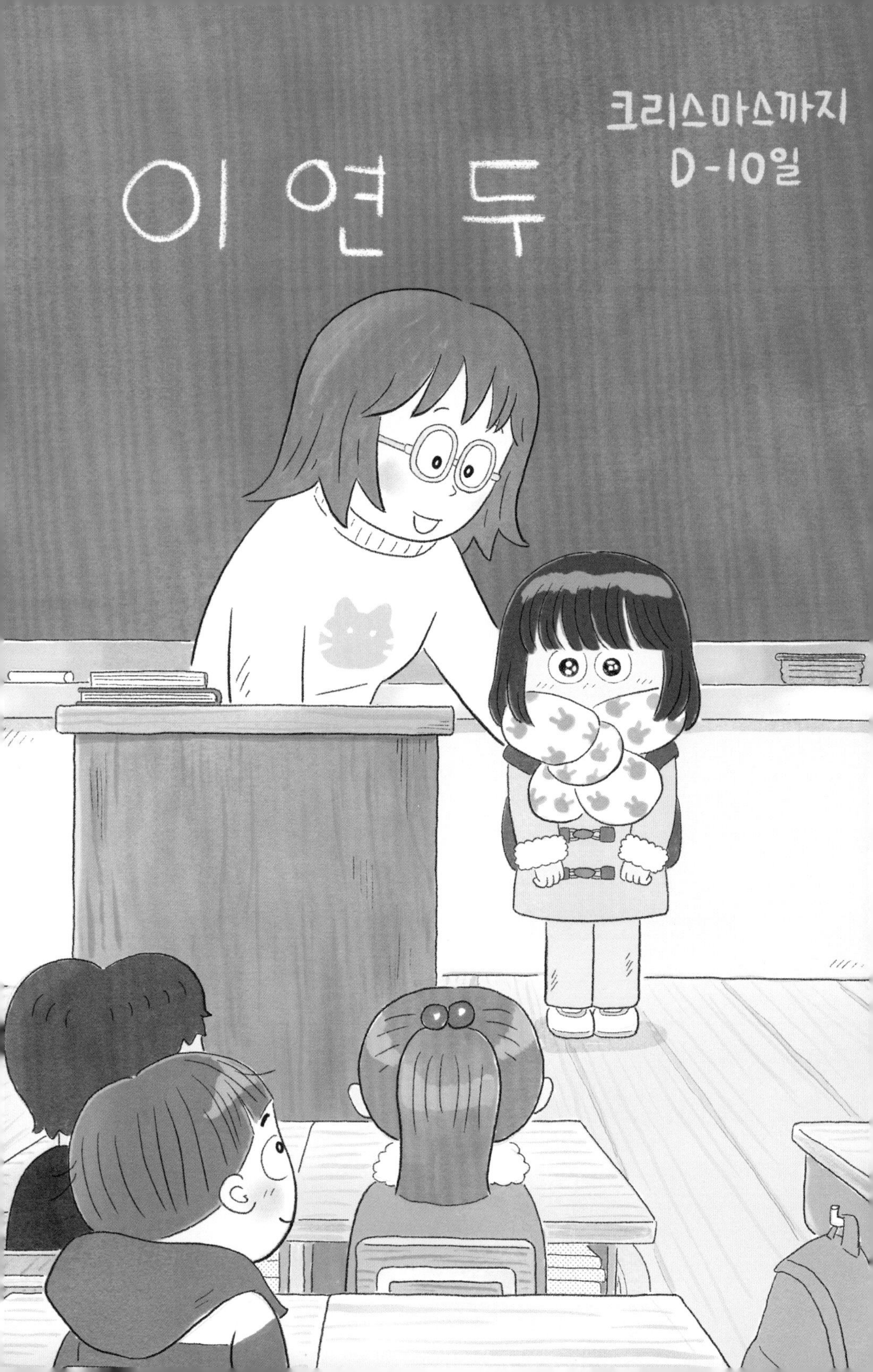
크리스마스까지
D-10일
이 연 두

못할 만큼 아주 살짝만요.

선생님이 고개를 끄덕이고는 허락을 구하는 말투로 물었어요.

"그럼 선생님이 대신 소개해도 될까?"

연두가 이번에는 선생님을 보면서 자그맣게 고개를 끄덕였지요.

선생님이 연두에게 미소를 지어 주고는 고개를 돌려 아이들을 향해 말을 이었어요.

"오늘 우리 반으로 전학 온 친구예요. 이름은 이연두. 연두가 낯선 환경에 천천히 적응할 수 있도록 모두 도와주도록 하자."

시우는 선생님이 연두의 이름을 소개하자마자 반가운 마음이 앞섰어요. 왠지 친해지고 싶다는 바람도 생겼지요.

그런 시우의 마음을 아는 것처럼 선생님이 시우 옆을 가리키며 연두에게 물었어요.

"연두는 저기 시우 옆자리에 앉을까?"

연두가 천천히 걸어서 오는 동안 시우는 연두가 앉을 자리를 옷소매로 쓱쓱 닦아 놓았어요.

쉬는 시간이 되자마자 시우는 기다렸다는 듯 연두 쪽으로 몸을 돌리며 인사했어요.

"안녕?"

시우가 반갑게 인사했지만 연두는 별 반응을 보이지

않았어요. 여전히 입을 꾹 다문 채로 그저 책상 위를 가만히 보기만 했지요.

시우는 조금 당황했지만 다시 활짝 웃으며 말을 이었어요.

"우리 엄마 이름이 연주거든. 오연주. 너처럼 '연'으로 시작해."

그 말에 연두가 고개를 들어 시우를 빤히 보았어요. 하지만 곧 다시 고개를 돌렸지요.

시우는 너무나 섭섭했어요. 연두는 시우 마음과는 달리 저와 친해지고 싶은 마음이 없는 모양이었으니까요.

수업이 끝나고 집에 가려는데 선생님이 시우를 조용히 불렀어요.

"시우야, 혹시 오늘 기분 안 좋은 일이 있었니?"

"저, 그게……."

시우는 연두 때문에 속상했다는 이야기를 할까 말까

고민했어요.

그러다 결국 꺼내지 않기로 했지요. 혹시라도 연두에 대해 나쁘게 말하는 게 아닐까 해서요.

"아니요."

"그래? 그럼 다행이고. 시우 표정이 좀 시무룩해 보이길래 물었어."

선생님은 그럼 되었다며 시우를 교실 앞문까지 배웅해 주었어요.

"조심히 잘 가. 내일 보자."

시우가 나갈 수 있도록 문을 열어 준 선생님이 시우가 나가자마자 바로 문을 닫았어요.

막 돌아서려던 시우가 드르륵 문이 다시 열리는 소리에 뒤를 돌아봤어요. 열린 문틈으로 선생님 얼굴이 보였지요.

선생님은 틈으로 얼굴을 빼꼼 내밀고는 문을 손가락으로 가리키며 이렇게 말했어요.

"시우야, 사람의 마음에는 보이지 않지만 이렇게 다 문이 있다."

시우는 선생님의 말뜻을 알아들을 수 없었어요. 어리둥절한 표정을 짓자 선생님이 이번에는 손을 가슴으로 옮기며 말했지요.

"바로 여기에 이런 문이 있는 거야. 시우 마음에도, 친구들 마음에도 있지."

시우가 선생님을 따라 손을 가슴께에 가져다 대 보았어요. 선생님이 이어 물었어요.

"시우는 다른 사람 방 안으로 들어가고 싶은데 방문이 닫혀 있으면 어떻게 하니?"

시우는 곰곰이 생각했어요.

"똑똑 노크해요."

선생님이 손뼉을 치며 대답했어요.

"그렇지. 아주 잘 아는구나. 똑똑 노크한 다음, 상대가 들어와도 좋다고 허락해 주거나 문을 열어 줄 때까지 기다리지. 마음도 똑같아. 상대방이 마음 방의 문을 열어 줄 때까지 기다리는 거야."

시우는 선생님 말 뜻을 알 듯 말 듯 했어요.

"연두가 얼마 전 소중한 가족을 멀리 떠나보냈대."

선생님의 말에 시우의 가슴이 쿵 하고 내려앉았어요. 그건 시우도 작년에 겪은 일이었으니까요.

선생님이 문을 활짝 열면서 마지막 말을 더했어요.

"그 일이 연두가 감당하기에 좀 어려웠나 봐. 그 뒤로 누군가와 말을 하는 게 힘든 모양이거든. 그러니 좀 기다려 주면 어떨까? 언젠가는 연두도 닫혀 있던 마음 방의 문을 이렇게 활짝 열고 말을 걸어 줄 테니까."

그제야 시우는 선생님이 하는 말이 이해가 되었어요. 엄마와 헤어진 뒤 시우도 한동안 '엄마' 이야기를 할 수 없었거든요.

"그때까지 기다려 줄 수 있을까?"

아침부터 내내 어두웠던 시우 표정이 환하게 밝아졌

어요.

"네. 기다려 줄게요."

3. 나의 특별한 친구를 소개합니다

연두가 전학 온 지도 벌써 일주일이 넘었어요. 연두는 여전히 말을 하지 않았어요. 시우뿐 아니라 다른 친구에게도 마찬가지였어요. 단단히 닫힌 입은 열릴 줄 몰랐지요.

시우는 조바심이 날 때마다 선생님 말을 떠올렸어요. 닫아 놓은 문을 억지로 열려고 하면 연두가 싫어할 거야, 준비가 안 되어 있는데 문을 열어 버리면 너무 당황할 거야, 생각했어요. 그리고 혹시라도 다른 친구가 문을 함부로 열려고 할 때마다 앞서서 막아 주었지요. 연두가 스스로 말할 때까지 기다려 주자, 하고 말이에요.

대신 하루에 한 번씩 똑똑 노크했어요. 처음에는 혹시 그것도 싫어하지 않을까 걱정했어요. 하지만 다행히 연두 표정이 그렇게 싫어하는 것 같지는 않았지요.

오늘도 쉬는 시간 혼자 자리에 앉아 있는 연두에게 슬쩍 말을 건넸어요.

"연두야, 우리 아빠는 택배 회사를 한다. 우주 택배. 시우의 '우', 우리 엄마 이름인 연주의 '주', 그 두 글자를 합해서 우주 택배야. 아빠가 이름을 지었대. 나는 사람들이 택배를 받을 때 기뻐하는 걸 보면 참 좋아. 우리 아빠가 멋진 일을 하는 것 같아서. 헤헤."

2교시 수업 시간이 되었어요.

선생님이 아이들을 향해 말했어요.

"내일모레가 크리스마스죠? 그래서 오늘은 크리스마스를 함께 보내고 싶거나 카드를 쓰고 싶은 특별한 친

똑똑!

똑똑!

똑똑!

똑똑!

구를 소개하는 시간을 가질 거예요. 친구 그림을 그린 다음, 이 앞에 나와서 소개해 보는 거야. 어때, 할 수 있겠어요?"

"네!"

힘차게 대답하자마자 아이들은 기다렸다는 듯 고개를 숙였어요. 스케치북을 펼쳐 그림을 그리기 시작했지요.

시우도 스케치북을 펼쳤어요. '특별한 친구'라는 말에 바로 누군가가 떠올랐거든요. 한참 그림을 그리다 잠시 고개를 들어 옆자리를 보았어요. 연두가 멍하니 앉아 스케치북을 들여다보고 있었어요. 스케치북에는 그림을 그리다 만 흔적이 보였어요. 끄적거린 그림 위로 크게 X표를 해 놓은 채였지요.

시우는 잠시 머뭇거렸어요. "망쳤어? 다시 안 그려?" 하고 물어볼까 하다가 바로 입을 다물었어요. 왠지 그건 문을 함부로 여는 것일 수도 있겠다는 생각이 들었거든요. 대신 시우는 필통에서 지우개를 꺼냈어요. 아무 말 없이 연두 앞에 지우개를 놓아 주고는 다시 그림 그리기에 열중했지요.

조금 뒤 선생님이 아이들을 둘러보며 물었어요.

"혹시 다 끝낸 친구 있어요? 가장 먼저 우리 반 친구들에게 나만의 특별한 친구를 소개해 줄 사람?"

시우가 손을 번쩍 들었어요.

교실 앞으로 나간 시우가 그림이 친구들을 향하도록 스케치북을 위로 들어 보였어요. 거기에는 하얀 머리를 어깨까지 기른 할머니와 온몸이 하얀 고양이 한 마리가 그려져 있었어요. 그림 옆에는 '할머니와 솜사탕'이라고 적혀 있었지요.

"제 친구들인 할머니와 솜사탕이에요. 얼마 전 하늘 마을에 갔다가 만난 친구들이에요."

시우가 이야기를 시작했어요.

우리 아빠는 '우주 택배'라는 작은 택배 회사를 운영해요.

얼마 전 내 생일날 아빠랑 택배를 배달하러 갔다가 하늘 마을에 도착했어요.

아빠 대신 내가 하늘 마을 식구들에게 택배를 배달했어요.

여기 이 친구가 솜사탕인데요, 가장 먼저 사탕이 물건을 배달했어요. 사탕이가 주문한 건 꿈 카메라예요. 꿈 카메라로 영상을 찍어서 전송 버튼을 누르면 그 영상이 원하는 사람의 꿈에 나오지요.

다음으로 배달한 건 이승 텔레비전이에요. 할머니가 주문한 건데, 이승 텔레비전은 우리가 사는 세상을 보여 주는 텔레비전이에요. 전원을 켜서 보고 싶은 사람의 이름을 검색창에 치면 그 사람의 모습이 영상으로 나타나요.

마지막으로 주문한 사람은 바로 우리 엄마였어요. 우리 엄마 이름은 오연주예요. 우리 엄마는 작년에 하늘 마을로 갔어요. 엄마가 무척 보고 싶었는데 다시 만나서 너무 행복했어요. 엄마랑 할머니랑 사탕이랑 다 같이 내 생일 파티를 했어요. 엄마가 직접 구워 준 케이크를 먹고 선물도 받았어요. 할머니는 내 생일 선물로 엄마랑 이승 텔레비전을 같이 본다고 했어요. 내 모습을 지켜보겠다고요. 그리고 사탕이는 자주 엄마 모습을 담아 내 꿈으로 보내 준다고 했지요.

할머니랑 사탕이에게 크리스마스카드를 쓸 거예요. 이승 텔레비전으로 늘 지켜보고 있으니까 제가 쓴 카드를 분명 볼 거예요. 그리고 크리스마스 날에는 꿈에서 엄마랑 할머니랑 사탕이를 꼭 만나고 싶어요.

시우가 발표를 끝내고 고개를 들었어요. 그때 연두와 눈이 딱 마주쳤어요. 연두가 할 말이 많은 얼굴로 시우를 물끄러미 보고 있었지요.

곧 연두가 고개를 숙이더니 망친 그림을 쓱쓱 지웠어요. 시우가 건네 준 지우개로 말이에요. 그 모습이 왠지

시우는 연두가 마음의 문을 조금 열어 준 기분이었지
요.

발표를 끝내고 자리로 돌아가는데 아이들이 앞다퉈
시우에게 질문을 퍼부었어요.

"정말이야?"

"너 하늘 마을에 가 봤어?"

시우의 대답을 기다리는 아이들은 설마, 하는 눈빛이었어요. 어떤 아이들은 대놓고 말이 안 된다며 비웃었지요.

"이승 텔레비전이라고? 그게 말이 되냐?"

"맞아. 꿈 카메라라니. 시우, 꿈꿨나 봐."

선생님이 흥분해 웅성거리는 아이들을 진정시키며 말했어요.

"자, 조용! 시우야, 특별한 친구를 우리에게 소개해 줘서 고마워. 선생님도 하늘 마을 이야기 들어 본 적 있는데. 그나저나 선생님도 솜사탕이라는 친구를 너무나 보고 싶은걸."

선생님 말에 아이들의 눈빛에 가득 차 있던 의심이 스르르 사그라들었지요.

수업 시간이 끝나고 자리를 정리하는데 누군가 시우

등을 톡톡 두드렸어요. 고개를 돌린 시우는 하마터면 소리를 지를 뻔했어요. 시우를 부른 건 다름 아닌 연두였거든요.

입을 벌린 채 아무 말도 못 하는데 연두가 시우 앞으로 종이를 내보였어요. 시우는 가만히 그 종이로 눈길을 옮겼지요.

거기에는 강아지 한 마리가 그려져 있었어요. 연두를 똑 닮은 까맣고 동그란 눈에 뽀글뽀글 갈색 털을 가진 강아지였지요. 강아지 주위로는 꽃이 가득 그려져 있었어요.

시우가 그림 옆에 적혀 있는 글자를 보고는 물었어요.

"이름이 몽이야?"

연두가 고개를 끄덕였어요.

그 순간 시우 기분이 몽글몽글해졌어요. 처음으로 시우의 질문에 대답을 해 준 거거든요. 그건 시우에게 마

음의 문을 조금 더 열어 준 거잖아요.

시우가 고개를 들어 선생님을 보았어요. 선생님은 그런 둘의 모습을 계속 보고 있었던 모양이었어요. 시우를 향해 잘했다고 칭찬하듯 눈을 찡긋해 주었지요.

4. 시우와 횡단보도

수업을 모두 마치고 시우가 교문을 나설 때였어요. 저 멀리 걸어가는 연두의 뒷모습이 보였어요. 시우는 급히 그쪽을 향해 달렸어요.

"연두야!"

소리쳐 이름을 불렀지만 연두가 듣지 못한 모양이었어요. 시우는 더욱 발길을 재촉했어요. 숨이 턱에 차오를 때까지 뛴 다음 다시 한번 연두를 불렀지요.

다행히 바로 연두가 뒤를 돌아보았어요. 기쁜 마음이 든 것도 잠시, 시우의 표정이 굳어졌어요. 시우가 서 있는 곳은 다름 아닌 횡단보도 한복판이었거든요. 정신없이 뛰느라 몰랐는데 말이에요. 시우가 발을 떼 보려고 했지만 발은 그대로 땅에 붙은 것처럼 꼼짝도 하지 않았어요.

시우의 얼굴이 점차 하얗게 질려 갔어요. 횡단보도가 점점 낭떠러지로 변하고 있었거든요. 아슬아슬 하얀 선 위에 섰지만 눈앞이 캄캄했어요.

횡단보도가 낭떠러지로 변하기 시작한 건 엄마가 횡단보도에서 사고로 떠난 뒤부터였어요. 어느 날 아빠랑 횡단보도를 건너는데 땅이 아래로 푹 꺼지더니 낭떠러지로 변하는 게 아니겠어요. 깊고 어두운 저 아래 구덩이에는 끔찍하게 생긴 괴물이 살고요. 괴물은 소름끼치는 소리를 지르며 위쪽으로 튀어 올라왔어요. 커다란 입으로 사람들을 잡아먹으려고요.

그 일을 겪은 뒤로 시우는 횡단보도를 피해 다녔어요. 가까운 길을 코앞에 두고 먼 길을 빙 둘러서 가곤 했지요.

시우의 작은 몸은 바들바들 떨리고 있었어요. 당장이라도 괴물이 튀어 올라와 자신을 잡아먹을 것 같았어요. 그게 아니면 깊은 구덩이 아래로 떨어질 것만 같았지요.

시우의 정신이 아뜩해져 갔어요. 가까스로 버티고 서 있던 다리에서도 점차 힘이 빠져나가는 바람에 그 자리에 주저앉고 말았지요.

그 모습을 건너편 횡단보도 끝에서 연두가 지켜보고 있었어요.

연두는 방금 전 횡단보도를 건너는데 누군가 저를 부르며 헐레벌떡 뛰어오는 소리를 들었어요. 시우였어요. 그런데 횡단보도 안으로 들어선 시우가 조금 이상했어요. 어느 순간 얼음이 된 것처럼 갑자기 멈춰 버렸지요. 환하게 웃고 있던 얼굴이 딱딱하게 굳는가 싶더니 그대로 힘없이 바닥에 털썩 주저앉는 게 아니겠어요.

그러곤 꿈쩍도 하지 않고 있는 거예요.

띠리리리, 띠리리리.

그때 곧 신호가 빨간불로 바뀔 거라는 경고음이 울리기 시작했어요. 신호등 아래 적힌 숫자가 점점 줄어들며 어서 건너라고 재촉하고 있었지요.

연두의 얼굴이 불안감으로 일그러졌어요. '어서 일어나, 어서. 이리 건너와.' 하고 마음속으로 바랐지만 시우는 도통 일어날 생각이 없어 보였어요. 더군다나 그 순간 차 한 대가 천천히 달려와 횡단보도 정지선 앞에 섰

어요. 연두는 걱정스러운 얼굴로 시우와 신호등 그리고 서 있는 차를 번갈아 보았어요.

'시우야, 어서!'

간절한 마음으로 입을 달싹여 보았지만 입에서는 아무 소리도 나오지 않았어요. 시익! 시익! 힘없는 바람 소리만 새어 나올 뿐이었지요. 시우는 여전히 귀를 틀어막고 고개를 무릎 안으로 파묻은 채였어요.

이제 신호등 아래 숫자는 '1'에서 '0'으로 바뀌고 있었어요. 신호가 바뀌면 기다리고 있는 차가 당장이라도 출발할 테지요.

곧 신호가 빨간불로 바뀌었지만 시우는 여전히 꼼짝하지 않았어요.

'안 돼!'

그때였어요. 연두의 입에서 소리가 흘러나오기 시작했어요.

"이…… 이……."

소리가 올라오면서 목구멍을 긁는 모양인지 목이 칼로 베는 것처럼 아팠어요. 눈물이 저절로 찔끔 새어 나왔지요.

연두는 작은 주먹을 꼭 말아 쥐었어요. 숨을 깊게 들이쉰 다음 간절한 마음을 모아 입을 벌렸어요. 그러곤 힘껏 소리를 내질렀어요.

"시…… 시우야."

드디어 입에서 소리가 튀어나왔어요. 연두는 다시 한 번 더 큰 소리로 시우를 불렀어요.

"시우야!"

바르르 떨리던 시우의 몸이 멈칫했어요. 어떤 목소리가 시우의 귀를 뚫고 들어왔거든요. 시우는 다시 가만히 귀를 기울였어요.

"시우야!"

목소리는 시우 제 이름을 부르고 있었어요. 시우는 용기를 내서 가만히 고개를 들었어요. 천천히 감았던

눈을 떴을 때였어요. 눈앞이 온통 뿌옜어요. 주위가 온통 안개로 뒤덮여 있었지요.

바로 그때였어요. 코로 들어오는 익숙한 냄새. 냄새를 맡은 시우의 눈이 커졌어요. 그건 바로 엄마 냄새였거든요.

시우가 팔을 휘저어 안개를 쫓았어요. 하얀 안개 사이로 언뜻언뜻 어떤 형체가 나타났어요.

"엄마!"

바로 눈앞에 엄마가 서 있었어요. 환하게 웃으며 시우를 향해 손을 내밀고 있었지요.

시우는 벌떡 일어나 덥석 손을 잡았어요. 시우를 휘감고 있던 두려움이 어느새 술술 풀려 저 멀리 날아가 버렸지요.

용기가 난 시우는 바닥을 내려다보았어요. 어느새 바닥에는 구름 카펫이 깔려 있었어요. 검은 구름, 흰 구름이 번갈아 가며 자리 잡아 횡단보도 모양을 이룬 구

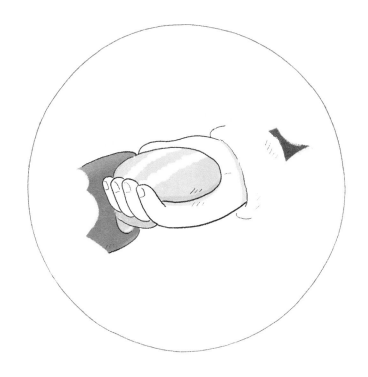

름 카펫이 깊고 깜깜한 구덩이 위를 덮고 있었지요. 구
덩이에서 올라오던 끽끽거리는 괴물의 귀를 찢는 고함
도 들리지 않았어요.

　시우의 얼굴이 편안하게 펴졌어요. 엄마 손을 잡은
시우는 서둘러 횡단보도를 건넜어요. 횡단보도 앞에 선
차 한 대가 시우가 건널 때까지 기다리고 있었지요.

"도착."

시우가 반대편 보도블록에 발을 올려놓은 뒤에야 차가 천천히 움직이기 시작했어요. 차가 멀어지는 것을 보고는 고개를 돌렸을 때였어요.

"엄마?"

엄마가 보이지 않았어요. 분명 조금 전까지 엄마 손을 잡고 있었는데 말이에요. 아직 엄마 냄새도 사라지지 않았는데 어찌 된 일일까요.

금방이라도 눈물이 터져 나오려는데 누군가의 목소리가 들렸어요.

"시우야, 괜찮아?"

고개를 돌린 시우의 눈과 입이 한껏 벌어졌어요. 그렇게 물은 건 바로 연두였거든요. 시우는 너무 놀라 엄마가 사라졌다는 것도 잊고는 물었어요.

"네가 말한 거야?"

연두가 말을 했다니, 정말 믿기지 않았지요. 연두는

시우의 물음에는 아랑곳하지 않고 크게 숨을 내쉬며
말했어요.

　"정말 다행이다."

5. 연두와 몽이

　시우는 연두와 나란히 걸으면서 흘긋흘긋 연두를 보았어요. 아무리 생각해도 연두가 말을 한다는 게 믿어지지 않았거든요. 그저 신기하기만 했지요. 연두 목소리는 짐작했던 그대로였어요. 말간 얼굴에 딱 어울리는 목소리였어요.

　"시우야! 그런데 그거 진짜야?"

　연두가 던진 질문이 시우의 생각 풍선을 펑 터뜨렸어요. 시우가 흠칫 놀란 얼굴로 대답을 못 하자 연두가 발걸음을 멈추며 다시 물었어요.

　"하늘 마을 이야기 말이야. 아까 네가 학교에서 들려

준 이야기. 그거 진짜야?"

시우가 잠깐 섭섭한 얼굴이 되었어요.

"내 말을 못 믿는 거야?"

연두가 손사래를 쳤어요.

"아니, 아니. 정말 그랬으면 좋겠어서 물어보는 거야. 사실 나도 꿈에서 너무 보고 싶은 친구가 있거든."

시우는 연두가 수업 시간에 그렸던 그림을 떠올리며 물었어요.

"혹시 몽이?"

연두가 고개를 끄덕이고는 천천히 말을 꺼냈어요.

"나는 형제가 없거든."

시우가 참지 못하고 끼어들었어요.

"나도. 나도 혼잔데."

연두가 픽 웃으며 말했어요.

"알아. 네가 전에 말해 줬잖아."

시우가 반갑게 말했어요.

"내 이야기 듣고 있었구나."

"그럼. 사실 네가 계속 나한테 말 걸어 줘서 고마웠어."

선생님 말이 맞았어요. 계속 똑똑 노크하다 보면 친구가 마음의 문을 활짝 열어 줄 거라는 말 말이에요.

연두의 이야기가 다시 시작되었어요. 시우는 가만히 입을 다물었어요. 이제부터는 아무 말 하지 않고 그저 연두의 이야기를 들어 주기로 했지요. 연두의 입에서는 어떻게 참고 있었는지 신기할 만큼 많은 말이 술술 흘러나왔어요.

"엄마 아빠는 내가 형제가 없어 외로울 거라면서 몽이를 입양했어. 몽이는 바로 우리 가족이 되었어. 내 동생이 된 거지. 동생이면서 친구.

몽이는 꽃을 좋아했어. 길가에 핀 꽃들 모두. 나랑 산책할 때마다 꽃을 찾아다녔어. 혹시라도 길에 떨어진 꽃이 있으면 나에게 물어다 주기도 했고. 그래서 나도

꽃을 좋아하게 됐어."

연두가 잠시 말을 멈췄어요. 신나게 이야기를 쏟아내던 연두의 환하던 얼굴에 갑자기 먹구름이 지나갔어요.

"그런데 몽이가 나 때문에 떠났어······. 하늘 마을로."

"아!"

시우는 연두의 행동이 모두 이해가 되었어요. 왜 몽이 그림을 그릴 때 그렇게 머뭇거렸는지. 그리고 왜 하늘 마을에 대해 계속 물었는지 말이에요. 그런데······.

"그런데 왜 그게 너 때문이야?"

시우의 질문에 연두는 말을 할 듯 말 듯 연신 입을 달싹였어요. 머뭇머뭇 힘겹게 다시 이야기를 시작했지요.

"두 달쯤 전 일이야. 그날은 내가 친구네 집에서 놀았거든. 저녁까지 놀다가 집으로 돌아가는데 엄마랑 몽이랑 산책하고 있더라고. 너무 반갑지 뭐야. 그래서 몽이를 소리쳐 불렀지.

몽아!

나를 본 몽이가 내 쪽으로 뛰어오기 시작했어. 나도 몽이를 향해 막 뛰었고. 정신없이 뛰는데 갑자기 쾅 큰 소리가 났어. 처음에는 그게 무슨 소리인지 몰랐어. 정신을 차려 보니까 몽이가 바닥에 누워 있는 거야. 그 앞에 트럭이 서 있었고. 내가 부르지만 않았어도……."

연두의 얼굴이 일그러졌어요. 금방이라도 눈물을 터뜨릴 것 같았지요. 시우는 무슨 말을 해야 할지 몰라 그저 그 모습을 지켜만 보고 있었어요.

그러다 문득 연두가 가장 바라는 게 무엇일지 알 것 같았어요. 연두의 마음은 저와 별로 다르지 않을 테니까요. 시우는 가만히 두 손을 맞잡고 눈을 감고는 기도하듯 혼잣말을 중얼거렸어요. 그런 뒤 연두에게 말했어요.

"너 알지? 내 특별한 친구."

몽아 ......

연두는 눈물이 그렁그렁한 눈을 들어 시우를 보았어요.

"할머니랑 솜사탕?"

"응. 맞아. 방금 내가 그 친구들에게 부탁했거든. 몽이가 네 꿈에 나오게 해 달라고. 그리고 이승 텔레비전으로 몽이랑 같이 네 모습을 봐 달라고."

"정말?"

"그럼. 그러니까 울지 마. 몽이가 너를 보고 있을지 모르잖아."

연두가 아랫눈썹 끝에 매달려 있던 눈물방울을 손등으로 쓱 닦았어요. 그러고는 입술을 끌어올려 씩 웃었어요.

"알았어. 우리 몽이가 보고 있을지 모르니까."

연두가 고개를 들어 하늘을 보았어요.

"몽아, 나, 잘 보여? 이제 웃을게. 그러니까 너도 항상 웃어야 해."

6. 택배를 부치다

몽이는 시우 엄마와 함께 그런 연두의 모습을 멀리서 지켜보고 있었어요. 몽이는 아까 연두가 시우를 소리쳐 부를 때 저도 모르게 눈물을 터뜨렸어요. 드디어 연두의 닫힌 입이 열렸으니까요. 그건 몽이가 바라고 바라던 거였으니까요.

연두의 이야기를 들으면서는 내내 울먹거렸어요. 하지만 마지막 연두의 말에 미소를 떠올리며 대답했지요.

"응. 나도 항상 웃을게."

물론 연두가 듣지 못하겠지만 말이에요.

시우 엄마가 몽이 머리를 가만히 쓰다듬어 주었어요.

그 마음 다 이해한다는 표정이었지요.

몽이가 시우 엄마를 올려다보며 말했어요.

"그런데요. 연두가 오해하고 있는 게 하나 있어요."

시우 엄마의 눈이 커졌어요.

"오해?"

"네."

"아까 연두가 그랬잖아요. 자기 때문에 내가 떠났다고. 그런데 그게 아니에요."

몽이가 긴 이야기를 시작했어요.

"저는 늘 연두와 함께 산책했어요. 그런데 그날은 연두가 친구네 집에서 놀고 늦게 온다고 했어요. 연두가 올 시간이 되어서 엄마를 졸라 산책을 나갔어요. 마중 나가고 싶었거든요. 연두가 간 친구네 집으로 가는데 꽃밭이 있었어요. 코스모스가 꽃밭 가득 피어 있었지요. 연두랑 제가 좋아하는 꽃이었어요. 그런데 누군가 꺾어 놓은 모양인지 한 송이가 바닥에 떨어져 있는 거예요. 저는 그걸 주워 입에 물었어요. 연두에게 선물해 주려고요."

시우 엄마 눈길이 몽이의 머리에 꽂혀 있는 꽃으로 향했어요.

"그게 바로 이거구나."

몽이가 고개를 끄덕였어요.

몽이의 이야기가 다시 이어졌어요.

"그런데 그 순간 연두 냄새가 나는 거예요. 고개를 들어보니 저 멀리에서 연두가 저를 보고 있었어요. '몽아!' 연두가 제 이름을 부르면서 저를 향해 달려오고 있었어요. 어찌나 반갑던지 저도 힘껏 뛰었지요. 얼른 가서 연두에게 이 꽃을 줘야겠다는 생각뿐이었어요. 그래서 달려오는 차가 피하라고 빵빵 소리 내는 것도 듣지 못했어요. 어느 순간 쾅, 하고 큰 소리가 귀를 찔렀어요. 그리고는 내 몸이 붕 떠오르는 느낌이 나더라고요. 저는 바로 정신을 잃었어요. 정신을 차렸을 때는 하늘 마을이었지요. 선물도 전해 주지 못했는데……."

몽이는 착 감긴 목소리로 말을 맺었어요.

"그러니까 그건 연두 탓이 아니에요. 연두가 저를 부르지 않았어도 저는 연두를 향해 달려갔을 테니까요."

시우 엄마가 잠시 고민하고는 주머니에서 뭔가를 꺼냈어요.

"이걸 가져오길 잘했네."

꺼낸 건 손바닥만 한 종이였어요. 반으로 접혀 있던 종이를 펼치자 거기에는 '운송장'이라고 적혀 있었지요.

그건 마루 공장에서 받은 거였어요. 마루 공장은 하늘 마을 식구들에게 택배를 전해 주는 곳이지요.

며칠 전, 시우 엄마가 직접 구운 케이크를 가지고 마루 공장에 찾아갔어요. 마루 공장 사장의 생일날이었거든요.

"아, 너무 감사해서 뭐라도 선물해 드리고 싶은데 뭐가 좋을까?"

사장은 잠시 고민하더니 공장 한쪽에 있는 서랍장에서 무언가를 꺼냈어요. 그게 바로 이 운송장이었지요.

사장은 운송장 한 장을 뜯어 건넸어요.

"이건 특별 운송장입니다."

운송장을 받은 시우 엄마의 눈에 많은 생각이 담겼어요. 그건 '우주 택배'의 운송장이었거든요. 우주 택배는 시우 엄마의 남편, 그러니까 시우 아빠가 운영하는 택배 회사였으니까요.

시우 엄마는 오늘 아침, 이승에 오기 전 그것부터 챙

겼어요. 분명 쓸 일이 있을 거라고 생각한 거지요.

시우 엄마는 몽이를 '우주 택배' 창고로 데려갔어요. 창고 한쪽에 차곡차곡 접혀 있던 작은 상자 하나를 꺼내 상자 모양으로 조립했어요. 안을 부드러운 종이로 가득 채우고는 그 상자를 몽이에게 내밀었지요.

"자, 꼭 전하고 싶었던 걸 여기에 담으렴."

몽이가 시우 엄마와 상자를 한 번씩 번갈아 보았어요. 정말로 제가 이걸 써도 괜찮아요, 하고 묻는 얼굴이었지요. 시우 엄마가 괜찮다는 듯, 고개를 끄덕인 뒤에야 귀에 꽂고 있던 꽃을 뺐어요. 조심스럽게 상자에 담고는 다시 시우 엄마에게 건넸어요. 시우 엄마는 꽃이 움직이지 않도록 상자 안 종이를 꼼꼼히 정리했어요.

"이거면 되겠어?"

"네. 이거면 충분해요."

시우 엄마가 상자를 잘 닫고 테이프로 감싸는 동안 몽이는 운송장에 글자를 적었어요. '보내는 분'에 '몽이', '받는 분'에 '연두'라고 적었지요.

시우 엄마는 운송장을 택배 상자에 붙인 다음, 쌓여 있는 다른 상자들 위에 살포시 올려놓았어요.

"이제 잘 도착하기를 간절히 바라기만 하면 되겠다."

그때 댕, 하고 하늘 마을 종이 울리기 시작했어요.

"이제 갈 시간이다."

몽이가 시우 엄마를 보며 미안한 얼굴로 말했어요.

"저 때문에 선물을 보내지 못하셔서 어떡해요?"

시우 엄마가 부드럽게 웃었어요.

"아니, 아니. 나야말로 연두에게 선물을 주고 싶은
마음인걸."

둘이 하늘 마을에 도착할 때쯤 하늘 마을 종이 댕,
하고 마지막 세 번째 종을 세게 울리고 있었지요.

7. 하늘 마을에서 온 택배

다음 날은 크리스마스이브였어요.

"시우야, 아무래도 오늘 아빠가 배달을 다녀와야 할 것 같은데?"

원래는 기사님들이 배달을 하고 아빠는 집 옆에 있는 회사 사무실을 지켜요. 그런데 크리스마스여서인지 배달할 물건이 많다고 했어요.

아빠는 시우를 보면서 고민에 빠졌어요. 잠시 고민하던 아빠가 시우에게 물었어요.

"시우야, 혹시 오늘 아빠랑 같이 배달 갈래?"

시우는 펄쩍펄쩍 뛰며 좋아했어요.

"좋아, 좋아요!"

아빠가 택배 트럭의 보조석 문을 열어 시우가 올라탈 수 있도록 도와주었어요.

"오늘도 지난번에 갔던 동네로 가는 거예요?"

시우는 하늘 마을로 배달 갔던 일을 떠올리며 물었어요.

"아니, 오늘은 멀지 않은 곳으로만 갈 거야."

시우는 살짝 실망했지만 이어지는 아빠 말에 다시 기분이 좋아졌어요.

"몇 군데만 다녀오면 될 것 같으니까 빨리 돌아와서 파티 하자."

"파티요?"

"응. 오늘 크리스마스이브잖아."

아빠가 라디오를 켜자 흥겨운 크리스마스 노래가 흘

러나왔어요. 아빠랑 시우는 큰 소리로 노래를 따라 불렀지요. 트럭이 이내 큰길로 접어들었어요. 길가에 자리한 상점 곳곳에 크리스마스트리가 세워져 있었어요. 그제야 내일이 크리스마스라는 게 실감이 났지요.

시우는 하늘 마을에도 크리스마스가 있을지 궁금해졌어요. 가만히 창밖으로 올려다보니 하늘 가득 구름이 깔려 있었어요. 시우 눈에는 그게 왠지 하늘 마을 바닥에 눈이 소복이 쌓인 것처럼 보였지요.

얼마 지나지 않아 아빠가 차를 세웠어요.

"시우야, 잠깐만 차에서 기다릴래? 아빠 짐 좀 내리고 올게."

"나도 갈래요."

시우도 아빠를 따라 내렸어요.

아빠가 짐칸을 열어 카트에 택배 상자들을 실었어요. 마지막 상자까지 차곡차곡 쌓았지요. 가장 위쪽에 놓인 작은 상자에 적힌 이름을 본 시우는 너무 놀랐어요. 거기 적힌 이름을 보고 또 보았지요. 보내는 이는 '몽이', 받는 이는 '연두'였거든요.

시우가 가만히 다가가 그 상자를 들어 봤어요. 상자는 정말 가벼웠어요.

"아빠, 이건 내가 들고 가도 돼요?"

시우가 아빠에게 물었어요. 꼭 그 택배를 직접 배달하고 싶어졌거든요. 다행히 아빠가 허락해 주었어요.

상자에 적힌 주소대로 찾아간 곳에는 작은 마당이 있는 집이 있었어요. 대문 앞에서 벨을 누르고는 기다리자 한 여자아이가 현관문을 열고 나왔어요. 여자아이를 본 시우의 눈이 커졌어요. 설마설마했는데 정말 그건 연두였거든요. 연두도 놀란 건 마찬가지인지 시우를 보자마자 입이 한껏 벌어졌지요.

"연두 님 앞으로 택배가 왔습니다."

아빠가 연두를 뒤따라 나온 연두 엄마에게 말했어요. 연두 엄마는 시우 아빠와 시우를 번갈아 보더니 고

택배가 왔습니다!

개를 끄덕이며 중얼거렸어요.

"우리 연두에게 친구가 선물을 주러 온 모양이구나."

연두가 엄마에게 시우를 소개했어요.

"엄마, 얘가 시우야."

"아!"

연두 엄마가 시우를 따뜻한 눈길로 바라보며 다정한

목소리로 말했어요.

"네가 시우구나. 정말 보고 싶었어."

아마도 연두가 엄마에게 시우 이야기를 많이 한 모양
이었지요. 엄마가 허락하듯 연두에게 눈짓하자 연두가
시우 앞으로 다가갔어요.

"여기, 너에게 온 택배야."

시우가 택배 상자를 연두 앞으로 내밀었어요. 연두가
어리둥절한 눈으로 상자를 받았지요. 상자에 적힌 이
름을 본 연두의 눈이 점차 커졌어요. 연두는 시우와 상
자를 번갈아 보았어요. 시우는 뿌듯한 마음이 되었어
요. 왠지 자신이 크리스마스 선물을 전해 주는 산타 할
아버지가 된 기분이었거든요.

연두 엄마가 잔뜩 미안한 얼굴로 말했어요.

"어쩌지? 우리는 선물을 준비하지 못했는데."

그 말에 시우가 횡단보도에서의 일을 떠올리며 대답
했어요.

운송장

보내는 분
몽이

상품 번호

받는 분
연두

무주택안내

"아니에요. 저는 벌써 연두에게 선물을 받았는걸요."

너무나 무서워서 눈앞이 까마득해졌을 때 연두가 이름을 불러 준 덕분에 정신을 차렸잖아요. 그리고 그 덕에 엄마를 만나 무사히 횡단보도를 건넜지요. 그 뒤로 시우는 이제 혼자서도 횡단보도를 건널 수 있게 되었어요. 낭떠러지도, 그 아래 구덩이에 사는 괴물도 사라졌어요. 그건 연두가 준 선물이었어요.

"시우야, 나랑 같이 열어 볼래?"

연두는 마당 한쪽에 놓여 있는 평평하고 널찍한 의자로 시우를 이끌었어요. 시우와 연두는 상자를 앞에 두고 마주 앉았지요.

상자를 열어 본 연두는 숨을 헉 들이마셨어요. 그대로 숨 쉬는 것도 잊은 것처럼 멍하니 그 안을 들여다보았지요. 상자 안에 들어 있는 건 몽이가 좋아하던 꽃이었거든요. 택배를 보낸 게 몽이가 분명했지요. 그건 분명 하늘 마을에서 온 택배였어요.

연두의 눈이 저절로 위쪽으로 향했어요.

"지금 혹시 몽이가 우리를 보고 있을까?"

연두의 물음에 시우가 가만히 고개를 끄덕였어요.

"당연하지."

그때였어요.

"어, 저것 좀 봐."

연두가 하늘을 가리키며 소리쳤어요. 시우와 시우 아빠, 그리고 연두 엄마가 동시에 고개를 들어 위를 보았어요. 하늘에서는 하얀 눈송이가 흩날리고 있었어요. 눈송이들은 마른 나뭇가지와 풀 위로 사뿐히 내려앉아 눈꽃을 피우고 있었지요. 연두에게는 왠지 그게 몽이가 '나 지금 보고 있어.'라고 말하는 것만 같았답니다.

8. 에필로그

반 아이들이 모두 돌아간 뒤 시우 담임 선생님이 책상 앞에 앉았어요. 책상 위에는 오늘 아이들이 그린 그림들이 놓여 있었어요. 저마다 '특별한 친구'를 그린 그림이었지요.

선생님은 한 장 한 장 그림을 넘기다 하나의 그림에 멈췄어요. 눈길이 그림에 한참을 머물렀지요. 그건 바로 시우가 그린 '할머니와 솜사탕'이었어요.

선생님은 그림 속 고양이, 그러니까 사탕이를 보며 중얼거렸어요.

82

"시우가 사탕이 네 이름을 말해서 정말 깜짝 놀랐어."

선생님은 진짜 사탕이를 쓰다듬듯 손바닥으로 그림을 부드럽게 한번 쓸고는 말을 이었어요.

"꿈에서 사탕이 네가 소개해 준 친구가 우리 반 시우라니, 얼마나 기적 같은 일이냔 말이야."

시우가 사탕이에게 꿈 카메라를 배달했을 때 사탕이

는 카메라에 시우 모습을 담았어요. 그러곤 그 영상을 바로 그날 밤 저와 함께 살았던 언니에게 전송했지요. 꿈 영상을 받은 그 언니가 시우 담임 선생님이었던 거예요. 반 학생인 시우를 꿈에서 보았으니 얼마나 신기한 일이에요.

그렇게 선생님은 시우의 이야기를 알고 있었어요. 작년에 엄마를 하늘 마을로 떠나보낸 이야기 말이에요. 그래서 연두를 시우 옆자리에 앉게 한 거지요. 분명 시우가 연두의 닫힌 마음의 문을 열어 줄 거라 믿었거든요.

선생님은 오늘따라 사탕이가 너무도 그리웠어요. 잠시 멍하니 있던 선생님은 불현듯 종이를 꺼내더니 뭔가를 만들기 시작했어요.

연우 씨가 차를 몰고 집으로 가던 길이었어요. 횡단보도 앞에서 신호가 빨간불로 바뀌어 차를 멈췄지요. 차창 밖으로 한 남자아이가 보였어요. 아이는 횡단보도 한가운데 꼼짝 않고 서 있었지요. 어느 순간, 아이는 그대로 주저앉아 몸을 한껏 움츠렸어요. 자세히 보이지는 않았지만 몸을 오들오들 떨고 있는 게 느껴졌지요. 무척이나 겁을 먹은 모습이었어요.

"왜 저러는 거지?"

연우 씨의 눈이 아이에게서 떨어질 줄 몰랐어요. 잠시 무슨 문제가 있겠거니 하고 기다려 보았지만 아이는 그대로 꿈쩍도 하지 않았어요. 마녀의 '얼음' 주문에 걸린 것처럼 꽁꽁 얼어 있었지요. 그대로 있다간 신호가 바뀔 거고 그러면 너무 위험할 게 뻔했어요.

안 되겠다 싶어 차에서 내리려던 순간이었어요. 길 건너편에 있던 한 여자아이가 "시우야!" 하고 이름을 불렀어요.

그러곤 바로 횡단보도 신호가 빨간불로 바뀌었지만 여자아이는 아랑곳하지 않고 길 한가운데 있는 남자아이에게로 달려갔지요. 연우 씨는 혹시라도 다른 차가 있으면 멈춰 달라고 부탁할 생각이었지만 다행히 신호등 앞에는 연우 씨 차뿐이었어요.

여자아이가 손을 내밀자 남자아이는 마치 "땡!" 하고 주문이 풀리듯 서서히 고개를 들었어요. 그러고는 여자아이가 내민 손을 잡았어요. 울고 있던 얼굴이 바로 환하게 펴졌지요.

두 아이는 손을 맞잡고 힘차게 길을 건너기 시작했어요. 연우 씨는 응원하는 마음을 담아 아이들이 길을 건널 때까지 기다려 주었어요.

아이들이 무사히 길을 건너자 연우 씨는 거울에 매달려 있는 사진을 한번 흘긋 보았어요. 그러곤 차를 출발시키며 중얼거렸어요.

"엄마, 난 아무래도 엄마를 닮은 모양이야. 엄마도 늘 그랬잖아요. 뭐든 느린 내가 스스로 할 때까지 믿고 기다려 줬지. 아, 엄마! 너무 보고 싶다."

며칠 뒤, 연우 씨와 남편은 병원에 다녀왔어요. 아기를 가졌다는 사실을 알게 되었지요.

"엄마가 주신 크리스마스 선물 같아."

"그러게. 왠지 우리 아기가 어머님을 닮은 것 같은데."

　〈하늘 마을로 간 택배〉를 세상에 내놓을 때 두려운 마음이 앞섰습니다. 이별이라는 무거운 이야기를 담고 있기도 했고 혹시라도 누군가의 상처를 다시 건드리지 않을까 하는 두려움이었어요. 하지만 저의 이야기에 공감하고 위로를 받았다는 말을 들으면서 쓰기를 잘했구나, 하는 마음이 들었습니다. 〈하늘 마을로 간 택배〉를 사랑해 주셔서 감사합니다. 큰 사랑 덕분에 시우의 이야기가 더해질 수 있었습니다.

　〈크리스마스 날, 하늘 마을에서 온 택배〉를 쓰면서, 어쩌면 제가 진짜 하고 싶은 이야기는 이것이었을 수도 있겠다는 생각이 들었습니다. 사실 상처라는 건 어떻게 치료하고 극복하느냐가 더 중요하기 때문이지요.

　누군가는 큰 사고나 어려움 뒤엔 외상 후 스트레스 장애(PTSD)

라고 하는 두 번째 상처를 겪기도 합니다. 심각한 경험의 충격이 마음속에서 커다란 괴물이 되어 괴롭히는 것이지요. 시우와 연두도 그런 고통을 겪는 아이들이었습니다. 소중한 누군가를 잃어버린 큰 트라우마 때문에 말이에요.

저는 두 아이가 함께 도움을 주고받으면서 그 공포와 고통을 극복하는 이야기를 담고 싶었습니다. 연두는 계속해서 마음의 문에 노크해 주는 시우가 없었다면 입을 열지 못했을 거예요. 시우는 소리쳐 불러 주는 연두가 없었다면 횡단보도 괴물을 물리치지 못했을 거고요. 더불어 두 아이가 길을 건널 때까지 기다려 준 연우 씨, 연두가 마음의 문을 열 때까지 기다려 주라고 시우에게 조언해 준 담임 선생님이 없었어도 불가능했겠지요. 이렇게 여러 사람의 마음이 합해져 두 아이는 아픔을 딛고 일어날 수 있었습니다. 시우와 연두는 이제 한층 더 단단해졌을 거라 믿습니다.

세상의 모든 시우와 연두에게 사랑과 응원의 마음이 함께하기를 바랍니다.

여러분이 주시는 마음의 힘으로 점점 단단해져 가는
동화 작가 김경미